Un cheval d'une drôle de couleur

texte de Nathan Kravetz

traduit de l'américain par
Mireille Archambaud

illustrations de
Bruno Gibert

Castor Poche
Flammarion

Titre original : A HORSE OF ANOTHER COLOR
© 1962 Nathan Kravetz   © 1989 Castor Poche Flammarion
Imprimé en France - ISBN : 2-08-162861-9

Aujourd'hui, qui est jour d'école, il fait beau. Le soleil brille gaiement et les arbres verts, dans la cour de récréation, font doucement bruisser leurs feuilles. Le ciel bleu, avec ses nuages blancs, ressemble à un grand océan.

Et les élèves de Mlle Véronique travaillent très sérieusement dans leur classe.

Ils s'appliquent beaucoup pour lire, écrire, faire du calcul, dessiner, et jettent juste un petit coup d'œil de temps en temps par la fenêtre.

Guillaume Barreau est très attentif lui aussi. Il se concentre très fort quand il travaille. Il serre les lèvres et tire un petit bout de langue sur le côté. Ses yeux sont tantôt grands ouverts, tantôt presque fermés, cela dépend de ce que Guillaume est en train de faire.

En ce moment, Guillaume dessine. Depuis que Guillaume aime les chevaux, il dessine des chevaux.

Soigneusement, il crayonne la tête fière, la longue et soyeuse crinière, le corps puissant, les jambes fines et rapides, et la queue battante.

Rien qu'en regardant le dessin on comprend combien Guillaume aime les chevaux.

Soigneusement, il choisit le bon pinceau parmi tous les autres. Ses coups de pinceau sont bien réguliers et pas trop forts sur le papier, et il se concentre beaucoup en travaillant.

Voilà, il a fini, et son cheval est bleu.
" Un cheval bleu !" pense Mlle Véronique.
– Un cheval bleu ! dit Valérie Rondau qui peint toujours des maisons et des fleurs.
– Un cheval bleu ! dit Arthur Nivelle qui peint toujours des avions.

– Un cheval bleu ! disent les enfants. Qui a déjà vu un cheval comme ça ?
– Guillaume, dit Mlle Véronique, t'es-tu trompé dans tes couleurs ?
– Non, Mam'zelle, dit Guillaume.
– Est-ce que tu ne croyais pas faire ton cheval dans une autre couleur ? dit Mlle Véronique.
– Non, Mam'zelle, dit Guillaume.

– Oh, dit Mlle Véronique un peu agacée, je vois, c'est un cheval de manège.
– Non, Mam'zelle, dit Guillaume avec assurance, c'est un vrai cheval, qui trotte, qui court, qui remue la queue.

Mlle Véronique pense qu'il vaut mieux changer de sujet et elle ne pose plus de questions.

Le lendemain, à l'heure du dessin, Guillaume fait un autre cheval.

Un beau cheval, plein de fougue, prêt à galoper pendant des kilomètres.

Guillaume le peint en vert.

Et tous les autres enfants, ceux qui dessinent des avions et des vaisseaux de l'espace, des maisons avec des fleurs et des arbres, des garçons et des filles, et des pompiers, et des agents de police, et des chats, et des chiens, et des kangourous, tous les autres enfants se moquent du cheval vert de Guillaume.

Mlle Véronique dit :
– Guillaume, ce ne sont pas les chevaux qui sont verts, ce sont les arbres, les pelouses et quelquefois la mer. Est-ce que tu n'aimerais pas faire un beau cheval avec une vraie couleur de cheval ?

Guillaume réfléchit un petit moment,
et puis il dit :
— Non, Mam'zelle.

Mlle Véronique réfléchit un peu et puis
décide de parler d'autre chose.

Ce jour-là, après la classe, Mlle Véronique va discuter des chevaux de Guillaume avec M. Dubois, le directeur.
– Ce petit garçon, Guillaume Barreau, dessine de beaux chevaux, il aime dessiner mais ses chevaux sont bleus ou verts, et on n'a jamais vu des chevaux de cette couleur-là !

– Vraiment... Vraiment, dit M. Dubois, des chevaux bleus, des chevaux verts... Guillaume a-t-il quelque chose qui ne va pas ?
– Eh bien, non, Monsieur, dit Mlle Véronique. Il semble bien que Guillaume n'a rien qui cloche. Il joue bien au ballon, il court aussi vite que les autres garçons. Il lit bien, il écrit bien, et il travaille avec application. Et c'est un très gentil petit garçon.
– Vraiment, dit M. Dubois, qu'est-ce que ce garçon peut bien avoir ?

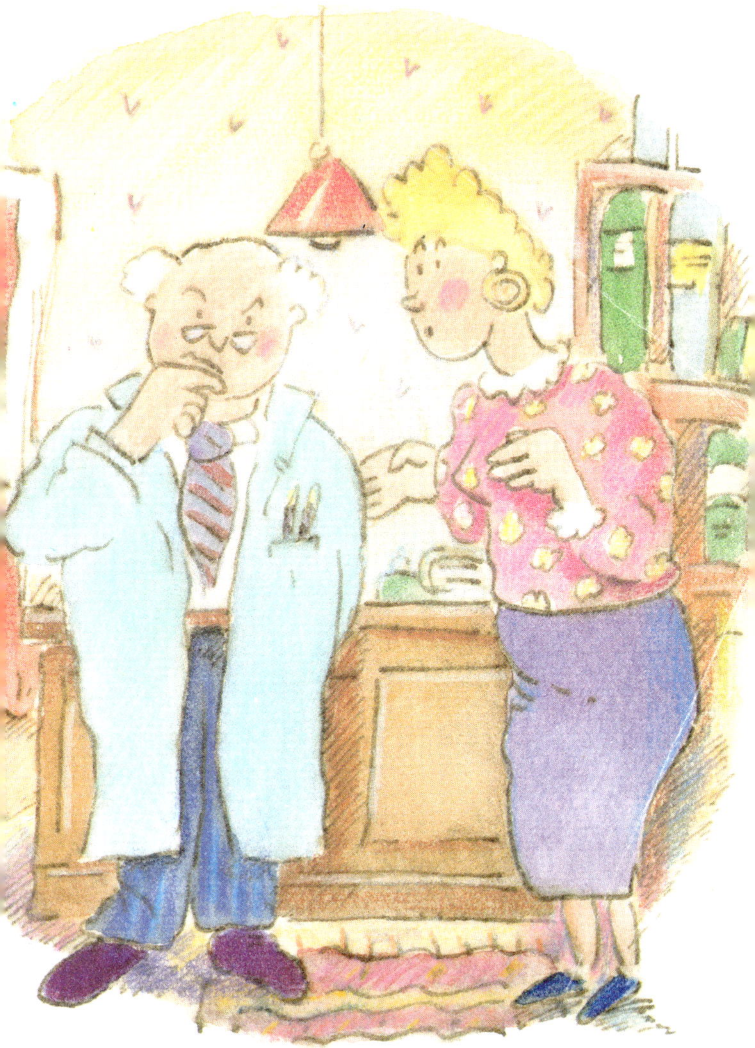

Le jour suivant, au commencement de la classe, pendant que Mlle Véronique fait l'appel, elle dit :
– Guillaume Barreau, Monsieur le directeur veut te parler, veux-tu aller dans son bureau ?

Guillaume va dans le bureau de M. Dubois.
– Je suis là, Monsieur. Je suis Guillaume.
– Entre, entre donc, Guillaume, dit M. Dubois.

Alors, Guillaume voit ses deux dessins sur le bureau, le bleu et le vert.

– Guillaume, dit M. Dubois sévèrement, tu vois ma cravate. De quelle couleur est-elle ?
– Elle est rouge et grise, Monsieur, dit Guillaume très étonné.

Après tout, si M. Dubois veut savoir la couleur de sa cravate, il n'a qu'à la regarder lui-même.

– Et tu vois ce livre, dit M. Dubois, de quelle couleur est-il ?
– Il est marron avec des rayures vertes, dit Guillaume.

Maintenant, M. Dubois est tout à fait sûr que Guillaume connaît ses couleurs.
"Ça devient amusant", pense Guillaume.

– Posez-moi d'autres questions, Monsieur, dit-il, je connais toutes mes couleurs.

M. Dubois le regarde pensivement.
– Non, merci, Guillaume, dit-il, tu peux retourner dans ta classe.

"Eh bien, pense M. Dubois en lui-même, qu'est-ce que ce garçon peut bien avoir ?"

Et quand Guillaume revient dans sa classe, il s'applique à son travail, exactement comme d'habitude.

Et ce jour-là, à l'heure du dessin, le cheval de Guillaume est jaune.

Après ça, Guillaume a des petites conversations avec des tas de gens. Il parle encore avec M. Dubois.

Et puis Mme Vétillon vient à l'école exprès pour le voir. Elle est conseillère pédagogique et lui pose beaucoup de questions.

– Comment vas-tu, Guillaume, aujourd'hui ?
– Ça va bien, Madame.
– Qu'est-ce que tu fais quand tu n'es pas à l'école, Guillaume ?
– Je joue au foot, Madame, je fais de la course, je vais à la pêche avec mon papa, j'aide ma maman avant de dîner, je regarde la télé, je vais à la piscine et...

– Bon, bon,
ça va, Guillaume,
je vois que tu es très occupé,
interrompt la conseillère.

Mme Vétillon pose encore quelques questions, sans grande conviction, mais Guillaume trouve ça passionnant.
– Continuez, Madame, dit-il, demandez-moi autre chose.

Mme Vétillon le regarde pensivement.
– Non, merci, Guillaume, ça sera tout pour aujourd'hui.

Et puis Guillaume retourne dans sa classe. Il se remet tout de suite à son travail, comme d'habitude.

Il joue avec autant d'entrain.

Quand l'heure du dessin revient, le cheval de Guillaume est violet.

Le Dr Nicou vient exprès pour faire passer une visite à Guillaume.

Il regarde les yeux de Guillaume, et dit :
– Lis ce qu'il y a sur le tableau.

Et Guillaume le lit.
Le Dr Nicou écoute le cœur de Guillaume et tapote sa poitrine. Il regarde dans les oreilles de Guillaume en penchant la tête.

Le Dr Nicou examine le nez et la gorge de Guillaume.
– Bien, bien, dit le Dr Nicou.

Il prend un petit marteau de caoutchouc et il tapote le genou de Guillaume. La jambe de Guillaume saute toute seule.
– Bien, bien, dit le Dr Nicou.

"Qu'est-ce que ça veut dire ? pense Guillaume, je ne suis pas malade."

Ils restent là un petit bout de temps, assis face à face, à se regarder.
– Il n'y a rien qui cloche chez ce garçon, dit le médecin.

Et Guillaume retourne encore une fois dans sa classe.

Les jours passent, et Guillaume continue à dessiner des chevaux.

Certains sont fringants, fiers comme à la parade. D'autres galopent, leur queue et leur crinière flottant au vent. D'autres encore, broutent tranquillement l'herbe. Les chevaux de Guillaume sont beaux.

Ils sont roses, bleus, verts, violets.

Certains sont rayés, d'autres à pois, d'autres, à la fois, rayés et à pois.

Mlle Véronique est plus inquiète que jamais; M. Dubois se creuse la tête au sujet de Guillaume. Et les parents de Guillaume ne savent plus que penser.

Mais voilà qu'un jour, un professeur de l'Université, Mme Gilbret, vient faire une visite à l'école de Guillaume. Elle explique à M. Dubois que l'Université veut faire une exposition de dessins d'enfants et lui demande s'il veut bien lui en confier quelques-uns parmi les meilleurs.

– Oui, avec plaisir, dit M. Dubois, nous serons très heureux d'avoir des dessins de nos enfants exposés à l'Université.

On parle de l'exposition à toutes les maîtresses et à tous les enfants, et les meilleurs dessins de toutes les classes sont rassemblés au bureau.

Ainsi il y a tout un tas de dessins sur le bureau de M. Dubois. Mlle Véronique n'a pas retenu ceux de Guillaume. Elle ne pense pas qu'ils soient assez bons pour une exposition à l'Université.

Mais, par hasard, les dessins de Guillaume, qu'on avait déposés sur le bureau de M. Dubois, sont mélangés avec les dessins qui partent pour l'exposition. Tous les dessins sont emballés avec précaution et arrivent, y compris les chevaux de Guillaume, le bleu et le vert.

La semaine suivante, quand l'exposition de dessins d'enfants ouvre ses portes, les meilleurs travaux des enfants sont accrochés aux murs, et il y a le fier et beau cheval bleu de Guillaume.

L'exposition est un succès.
Les gens accourent de partout pour voir les dessins. Ils viennent des écoles et des autres villes. Quand ils entrent, on leur donne un papier sur lequel il est écrit :
*"Mettez sur ce papier le numéro
du tableau que vous préférez.*

*A la fin de l'exposition, on dépouillera
les votes, pour savoir quel dessin
a remporté le plus de suffrages."*
Les enfants viennent avec leurs parents, les instituteurs et les directeurs d'école aussi, et les professeurs, et même des avocats et des médecins.

Deux professeurs avec une petite barbiche examinent les travaux des enfants. Ils les regardent tous avec attention : les avions, les maisons dans de belles rues, des enfants en train de jouer, et le cheval de Guillaume.

Des dames viennent regarder les dessins à travers leur face-à-main au long manche.

M. Dubois vient aussi, et quand il voit le cheval de Guillaume, il fait :
"Tiens ! Tiens !" d'un air très surpris.

Mlle Véronique vient, et quand elle voit le cheval bleu, elle est si étonnée, qu'elle fait des yeux tout ronds mais elle ne dit rien.

Guillaume vient aussi avec son papa et sa maman. Ils regardent tous les dessins et ils passent une bien bonne journée.

La semaine suivante, pendant que Guillaume travaille avec application, un surveillant vient dire que M. Dubois demande Guillaume Barreau à son bureau.

Et Guillaume se rend au bureau de M. Dubois.

– Et voici notre petit Guillaume, dit M. le Directeur.

– Bonjour, Madame, dit Guillaume.

– Tu es donc le petit garçon que je suis venue voir, dit le professeur. Je suis venue te féliciter. Ton dessin a été choisi par les visiteurs de l'exposition, nous en sommes très fiers.

Guillaume regarde M. Dubois, puis le professeur Gilbret, et il demande :
– Vous voulez dire qu'ils aiment mon cheval bleu ?
– Mais oui, Guillaume, bien sûr, et encore toutes mes félicitations !

Les jours suivants sont très mouvementés. M. Dubois organise une réunion, et puis il fait un discours sur le dessin de Guillaume primé à l'exposition.

Mlle Véronique réunit tous les dessins de Guillaume et les accroche aux murs pour faire une exposition à l'école.

Il y a même un portrait de Guillaume et la reproduction de son cheval bleu dans le journal de la ville.

M. et Mme Barreau sont très fiers de leur fils ainsi que tous les garçons et filles de l'école de Guillaume. Aussi Guillaume est très content et, à l'heure du dessin, il se met tout de suite à la peinture.

Seulement, ce jour-là ce n'est pas du tout pareil, Guillaume dessine des avions et des vaisseaux de l'espace.

Les jours et les semaines passent, Guillaume dessine des bateaux, des trains, des gens, des maisons, des chiens et des chats, des éléphants, tous dans leurs vraies couleurs.

Il semble que tout soit rentré dans l'ordre pour Guillaume.

Et quand M. Dubois vient faire un tour dans la classe, il constate que Guillaume travaille aussi bien que d'habitude et que ses dessins ressemblent à ceux des autres enfants.

En quittant la classe il fait un petit signe à Mlle Véronique.

"Ça va bien", pense-t-il, et il retourne à son bureau. Guillaume est un petit garçon normal dans une classe normale.

Et puis, un beau jour, Guillaume dessine une vache. C'est une bête splendide, avec un corps lourd, de petites cornes, et des mamelles plantureuses.

Elle est verte.

"Une vache verte !" pense Mlle Véronique.

"Une vache verte !" pense Valérie Rondau qui dessine toujours des maisons et des fleurs.

"Une vache verte !" pense Arthur Nivelle qui dessine toujours des avions.

Les enfants regardent la vache verte, ils regardent Mlle Véronique, et ils regardent Guillaume.

Mais personne n'ose souffler mot.
Et Guillaume se remet à peindre
comme si de rien n'était.

Aubin Imprimeur Poitiers - 03-1989
Flammarion et Cie, éditeurs (N° 15894)
Dépôt légal : Mars 1989 - N° d'impression P 30096